AF312688

Collection d'un Amateur

CONDITIONS DE LA VENTE:

Elle sera faite au comptant.

Les acquéreurs paieront 10 o/o en sus des prix d'adjudication.

COLLECTION D'UN AMATEUR

33 Tableaux Modernes

ET AQUARELLES

par

BOUDIN — DAUMIER — GUILLAUMIN

JONGKIND — CLAUDE MONET — PISSARRO — RENOIR

RIBOT

SISLEY — JOHN-LEWIS BROWN — J.-F. MILLET

Œuvre importante de Jongkind

Dont la vente aura lieu à Paris

HOTEL DROUOT, Salle N° 6

Le Samedi 14 Juin 1902, à 2 heures précises

COMMISSAIRE-PRISEUR :

Me PAUL CHEVALLIER
10, rue de la Grange-Batelière

EXPERTS :

MM. BERNHEIM JEUNE
8, rue Laffitte
et 36, avenue de l'Opéra

EXPOSITION PUBLIQUE, le Vendredi 13 Juin 1902
de 1 heure 1/2 à 5 heures 1/2.

IMPRIMERIE
DE LA GAZETTE DES BEAUX-ARTS
8, RUE FAVART
PARIS

Tableaux

BOUDIN (Eugène)

1. — Le Pardon en Bretagne.

A gauche, la vieille église dresse son porche de pierre noircie, couronné d'un fronton, flanqué de deux contreforts.

Une masse de verdure décroissante, de gauche à droite, derrière un petit mur bas. Quelques toitures.

Sur le premier plan, au seuil de l'église, un groupe de bretonnes agenouillées, en robe de velours noir et coiffes blanches.

Au pied du contrefort, à gauche, une paysanne isolée.

Panneau. — Haut. : 35 cent.; Larg. : 26 cent. 1/2.

BOUDIN (Eugène)

2. — L'Arrière-Port de Camaret. — 1873.

Au pied d'un vieux mur à gauche, sur la rive caillouteuse, lumineuse, quelques marins ont fait un feu dont la fumée s'élève.

Toute une flottille de bateaux d'importances diverses est éparpillée dans le port, non loin du rivage.

De l'autre côté de l'eau, une éclaircie de soleil colore la berge, met en valeur la vieille église au toit rampant, et cette bizarre construction dite « Tour des Espagnols », derrière laquelle passe tout un arrière-plan de collines, tandis qu'à la droite du port se dessinent les mâtures plus élancées de grandes barques et de quelques navires à voiles.

Le ciel est, à lui seul, d'une grande beauté, frisé de nuages, élargissant dans tout le haut de la toile leur ouate grise et lourde.

Toile. — Haut. : 40 cent. ; Larg. : 65 cent.

DAUMIER (Honoré)

3. — Les Amateurs.

Dans la galerie dont les murs sont couverts de tableaux, les trois amateurs se tiennent debout, et regardent avec une vive curiosité une toile accrochée assez haut pour les obliger à lever la tête. L'amateur de gauche, au pardessus court et clair, tient son chapeau derrière lui. Le deuxième amateur est presque tout entier dans l'ombre, sauf son profil. Quant au troisième, tout de noir vêtu, il garde son chapeau haut de forme sur la tête. Il est adossé à un meuble recouvert de serge verte où sont des terres cuites et un cadre blanc. A ses pieds, à droite, deux autres cadres dorés et vides, dont l'un ovale.

Au fond, à gauche, un visiteur et sa femme examinent avec attention l'une des toiles exposées.

Œuvre puissante et magistrale.

Toile. — Haut. : 40 cent. 1/2 ; Larg. : 32 cent. 1/2

GAUGAIN

4. — La Repasseuse.

Dans un pays exotique, quatre jeunes filles sont réunies. Tandis que l'une d'elles repasse du linge, les trois autres se reposent.

Toile. —Haut.: 90 cent.; Larg. : 1 m. 18 cent.

GUILLAUMIN (Armand)

5. — Miregandon.

Un champ devant la ferme.
Un paysan, à gauche, auprès duquel se tient une femme, travaille la terre.

Toile. — Haut.: 92 cent. ; Larg. : 74 cent.

GUILLAUMIN (Armand)

6. — Le Verger en friche.

Tout ensoleillé, le verger présente un aspect riant
et se trouve ombragé par le feuillage touffu de
l'arbre qui se trouve à droite.

Toile. — Haut.; 55 cent.; Larg : 65 cent.

GUILLAUMIN (Armand)

7. — La Baie d'Agay.

Les rochers du Dramont, d'un rouge brique, bai-
gnent dans une eau limpide et claire.
Au loin la campagne est en pleine floraison.

Toile. — Haut.: 73 cent.; Larg.: 1 m.

ITURRINO

8. — La Course de Taureaux.

Dans l'arène, un toréador pique le taureau, tandis qu'un autre agite l'étoffe rouge.

Au premier plan, deux espagnoles spectatrices, en jolis costumes du pays.

Toile. — Haut. : 46 cent. ; Larg. : 55 cent.

JONGKIND

9. — La Rivière de La Rotte.

Près de Rotterdam, sur les bords de la rivière, une petite maison rustique. Sur l'eau, un bateau va lentement.

Au loin, la silhouette de deux moulins à vent.

Toile. — Haut. : 25 cent. ; Larg. : 32 cent. 1/2.

JONGKIND

10. — Les Pêcheurs.

Au bord de la rivière, près d'un arbre, deux personnes pêchent à la ligne.

De l'autre côté de la rive, des vaches au pâturage.

Toile. — Haut. : 33 cent 1/2; Larg. : 25 cent.

JONGKIND

11. — Nyons.

Admirable symphonie de bleu : La ville de Nyons que surmonte son pittoresque château flanqué de ses tourelles aiguës, se mire dans les ondes limpides de la rivière. Des barques aux voiles riantes semblent se balancer, nonchalantes, sur l'eau que ride à peine la brise du matin.

Œuvre des plus importantes du maître.

Toile. — Haut. : 56 cent. 1/2; Larg. 84 cent. 1/2.

MONET (Claude)

12. — La Prairie.

Elle s'étend jusqu'à mi-hauteur du tableau, toute fleurie d'ombelles et de trèfles incarnats. De grands arbres la bordent à gauche et toute une lisière de verdures plus basses s'étire à droite.

Dominant le tout et déchiquetant leurs feuillages sur le ciel gris, quelques platanes ; au loin, à droite, la masse grise d'une colline et, dans la prairie, au milieu des fleurs, un enfant et une femme en corsage noir et chapeau clair.

Toile. — Haut. : 62 cent.; Larg. : 80 cent.

MONET (Claude)

13. — Les Peupliers.

Au bord de l'Epte, les grands arbres se dressent majestueusement et se détachent sur le ciel où çà et là roulent quelques nuages. L'artiste s'est placé au bord de la rivière où les arbres se reflètent dans les eaux limpides ; et où la courbe décrite par l'imposante théorie des peupliers rappelle sans le vouloir l'admirable composition d'une œuvre d'Ho-Ku-Saï.

Toile. — Haut. : 1 m. ; Larg. : 65 cent.

MONET (Claude)

14. — Nymphéa.

Dans une luxuriante floraison, se détachent les armatures du pont dont la courbe gracieuse est au-dessus du ruisseau aux eaux jonchées de nymphéas d'éclatantes couleurs.

Toile. — Haut. : 90 cent. ; Larg. : 1 m.

PICHOT (R.)

15. — La Danse.

En Espagne.

Un couple danse au milieu de spectateurs attentifs.

Toile. — Haut. : 55 cent.; Larg. : 46 cent.

PISSARRO

16. — Soleil couchant. — Rouen.

Les dernières lueurs du jour empourprent le ciel.

Sur la Seine un bateau file à toute vapeur, tandis que sur les quais une voiture attend le déchargement du bateau amarré.

Toile. — Haut. : 25 cent.; Larg. : 19 cent.

RENOIR

17. — Le Peintre.

Debout devant son chevalet, l'artiste fixe sur sa toile le coquet jardinet qui se trouve devant lui.

Au fond, des maisons.

Toile. — Haut.: 50 cent.; Larg. : 60 cent.

RENOIR

18. — Fleurs.

Dans un vase en porcelaine avec décors bleus, se trouve un magnifique bouquet de fleurs variées parmi lesquelles se détachent plusieurs magnifiques roses.

Toile. — Haut. : 80 cent.; Larg.: 65 cent.

RIBOT

19. — Le bon Samaritain.

Aidé de son serviteur, le bon Samaritain soigne un blessé étendu à terre.

Toile. — Haut. : 45 cent. ; Larg. : 55 cent.

SISLEY

20. — Dans la Chambre.

Vis-à-vis l'un de l'autre, assis à une table, un petit garçon et une fillette sont assis.

Le garçonnet est en train d'écrire.

Toile. — Haut.: 40 cent. ; Larg. : 47 cent.

TOULOUSE-LAUTREC

21. — Le Ballet.

Des danseuses exécutent un pas des plus gracieux au cours d'un ballet.

A droite et à gauche, sur la scène, des décors.

Carton. — Haut.: 45 cent.; Larg.: 85 cent.

VIGNON

22. — Le Village.

Bordée de maisons, on voit la rue principale du village. Au loin se dessine le clocher de l'église.

Haut. : 46 cent.; Larg.: 55 cent.

Aquarelles, dessins

BROWN (John-Lewis)

23.—En observation.

Dans une prairie aride, un cavalier, une jumelle à la main.

Près de lui attendent deux autres cavaliers vêtus de rouge.

Au premier plan, à droite, un ruisseau.

Aquarelle-Gouachée. — Haut. : 65 cent.; Larg. : 50 cent.

JONGKIND

24. — La Rivière

Entre une haie à droite et les arbres à gauche, la rivière coule limpide.

Sépia. — Haut.: 17 cent.; Larg.: 26 cent.

JONGKIND

25. — La Route.

Une route bordée des deux côtés de talus. A droite, un bouquet d'arbres.

Aquarelle. — Haut.: 11 cent.; Larg.: 19 cent.

JONGKIND

26. — Le Port de Dordrecht.

Amarrés au quai, deux bateaux sont au repos.
Au loin un moulin à vent.

Sépia. — Haut.: 27 cent.; Larg.: 38 cent.

LÉPINE

27. — Marine.

Quelques navires à voiles.
Au premier plan une barque chargée de marins.

Aquarelle. — Haut.: 15 cent. 1/2; Larg. 25 cent. 1/2.

MILLET (J.-F.)

28. — Le Talus.

Dessin. — Haut.: 1 cent.; Larg. 17 cent 1/2.

MILLET (J.-F.)

29. — Trois Dessins divers.

Dans un même encadrement.

MILLET (J.-F.)

30. — Aux Champs.

Dessins dans un même encadrement.

MILLET (J.-F.)

31. — Femmes assises.

Deux dessins en un même encadrement.

Dimensions de chaque dessin. — Haut.: 12 cent.; Larg.: 8 cent.

PISSARRO (C.)

32. — Le Déjeuner.

Assis sur l'herbe, au pied d'un arbre, la famille prend son modeste repas.

Gouache. — Haut. : 21 cent. ; Larg. : 16 cent.

WILLETTE (A.)

33. — En Marquise.

En Vache.

Deux dessins dans le même encadrement.

Dessin. — Haut. : 24 cent. ; larg. : 20 cent.

ALBUM

CONTENANT NEUF REPRODUCTIONS D'APRÈS LES

33 TABLEAUX

DE L'ÉCOLE MODERNE

dont la vente aura lieu à l'Hôtel Drouot, Salle n° 6

le 14 Juin 1902

Mᵉ PAUL CHEVALLIER   MM. BERNHEIM JEUNE

LES PEUPLIERS

NYONS

MIREGANDON

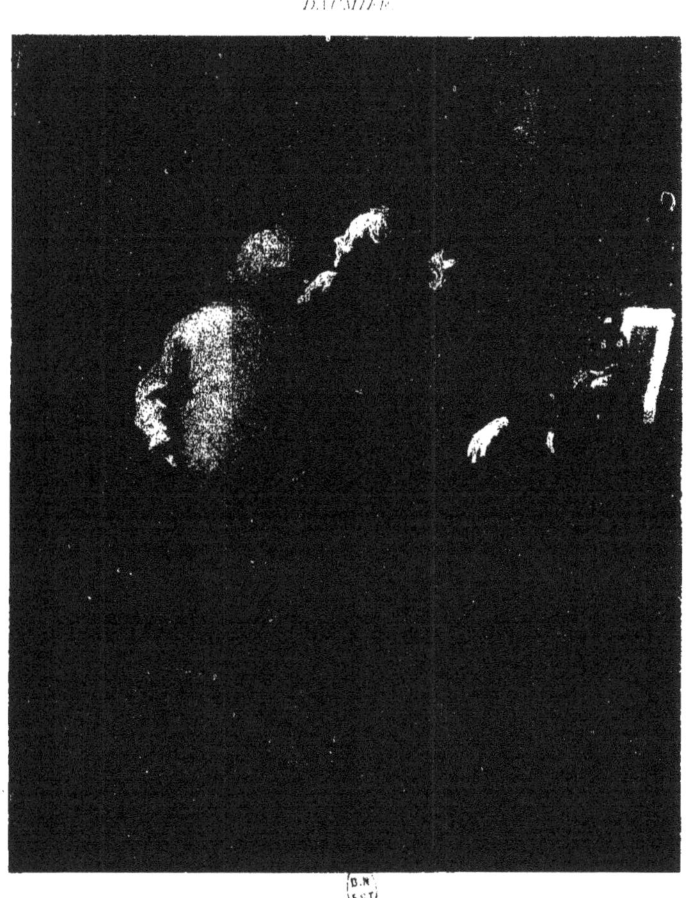

LES AMATEURS

L'ARRIERE-PORT DE CAMARET

LA PRAIRIE

SOLEIL COUCHANT — ROUEN

LE BON SAMARITAIN

LE PEINTRE